CHANT SACRÉ

APPLIQUÉ

AUX MALHEURS DES GRECS,

OU

PARAPHRASE DU PSAUME XLIII,

PAR M. LE VICOMTE LE PRÉVOST D'IRAY,

MEMBRE DE L'INSTITUT ET DE LA LÉGION-D'HONNEUR.

« Vendidisti populum tuum sine
« pretio. »   (Ps. XLIII, v. 14.)

PARIS,

CH. GOSSELIN, RUE SAINT-GERMAIN-DES-PRÉS, N° 9;
ARTHUS BERTRAND, RUE HAUTE-FEUILLE, N° 23.

MDCCCXXVI.

IMPRIMERIE DE H. FOURNIER,
RUE DE SEINE, N. 14.

AVERTISSEMENT.

———

QUELS que soient les calculs et les ménagemens trop souvent inexplicables de la politique européenne, il n'est pas une ame sensible qui n'ait dû regarder comme sa propre cause la cause sacrée des Grecs. J'ai cru lire l'histoire de ces restes infortunés d'une nation héroïque, en voyant, dans le psaume 43, retracé avec une force inconcevable, une merveilleuse énergie d'expression, tout ce que le peuple hébreu a souffert, aux jours de la captivité, sous un peuple barbare et des princes oppresseurs. J'ai conçu dès-lors le dessein de traduire non seulement les passages qui présentent de si douloureux et de si étranges rapprochemens, mais encore le psaume entier qui les lie et les enchaîne entre eux.

J'ai placé dans mon titre cette expression, *paraphrase*, de préférence à celle de traduction, à cause d'un grand nombre de traits caractéristiques, *de nuances locales et de détail*, que j'ai été obligé de faire ressortir, pour montrer combien est frappante la conformité de la position des Hébreux, à cette époque, avec la position actuelle des Grecs. Du reste cette traduction est presque littérale, comme on peut s'en convaincre par la lecture du psaume lui-même.

CHANT SACRÉ

APPLIQUÉ

AUX MALHEURS DES GRECS,

OU

PARAPHRASE DU PSAUME XLIII.

Nos pères, dont, Seigneur, tu couronnas les vœux,
D'âge en âge ont transmis à leurs derniers neveux
D'Israël délivré par ta main glorieuse
Le triomphe éclatant, la foi victorieuse,
Les prodiges sans nombre opérés de leurs jours,
Alors que tu daignais leur prêter ton secours.
Le bruit retentissant de ces rares merveilles,
Jusque dans Babylone, a frappé nos oreilles.

Chez les Cananéens, par ton ordre chassés,
Dans leurs murs, dans leurs champs, toi seul les as placés;
De leur nouvel asile environnant l'enceinte,

Toi seul les as plantés sur ta montagne sainte,
Comme une vigne, objet de ton plus tendre amour,
Que ne dévastent plus les torrens d'alentour.

Non, Seigneur, ce n'est point par le pouvoir du glaive
Qu'à leurs regards surpris ce prodige s'achève ;
Non, Seigneur, ce n'est point la force de leurs bras,
Qui sème la terreur, qui sème le trépas.
Ton bras seul aux vaincus fit mordre la poussière ;
Et, marchant aux rayons de ta vive lumière,
Sous tes aîles de feu couverts et protégés,
Par toi, de leurs affronts les Hébreux sont vengés.

Du Jourdain desséché les flots au loin s'écoulent ;
De Jéricho tremblant les murailles s'écroulent :
N'es-tu donc pas toujours, ô principe éternel,
Le fort, le roi, le Dieu, le Sauveur d'Israël ?
Non, de mes ennemis la fureur menaçante
Ne tiendra point, Seigneur, contre ta main puissante.
Dans leur impiété, ces peuples obstinés,
Au seul bruit de ton nom, seront exterminés !

Ah ! dis, si dans cet arc j'ai mis mon espérance,
Si de mon glaive seul j'attends ma délivrance.
Mon Dieu me voit, m'entend, je n'espère qu'en lui,
En lui seul est ma force et mon unique appui.

J'attends des jours plus doux, des destins plus prospères
Du Dieu qui m'aime encore et qui sauva mes pères !

Et cependant, Juda, rejeté loin de vous,
Du bras qui le poursuit repousse en vain les coups,
Et, suivant dans l'exil ses tribus opprimées,
Ne voit plus le Seigneur commander ses armées.

Non, la postérité ne concevra jamais,
Au récit de nos maux, par combien de forfaits
Nos lâches oppresseurs marquant leur barbarie
Ont des maîtres du Nil surpassé la furie ;
A quel degré d'horreur et d'inhumanité
Leur joie est parvenue, et leur rage a monté !

Aux insultes de Geth notre race exposée
Est la fable de Tyr, d'Ascalon la risée ;
Assur, l'infâme Assur, par ses gestes, ses cris,
Prodigue à notre nom l'outrage et le mépris.
Traînant dans leurs déserts nos familles tremblantes,
Ils se sont partagé nos dépouilles sanglantes :
De notre antique éclat les siècles sont passés,
Et dans tout l'univers nous errons dispersés.

Heureux ceux qui, déjà fameux à trop de titres,
De leurs propres destins ont été les arbitres.

Et qui, libres encore, au sortir des combats,
Seuls ont fait les apprêts de leur noble trépas,
Qui, vouant à la mort leurs nombreuses familles,
Ont vu périr près d'eux leurs femmes et leurs filles,
Sous les derniers débris de leurs murs embrasés,
Vu les fils de leurs fils par la pierre écrasés !

Nous, lorsqu'ils ont conquis une gloire immortelle,
La honte nous attend, l'opprobre nous appelle.
Il en est temps, Seigneur, daignez nous secourir.
Un enfant d'Isaac ne craint pas de mourir.
Que des fers, par la mort, ta pitié nous délivre ;
Nos frères ont péri, nous nous plaignons de vivre !

Trop visibles objets du céleste courroux,
Humiliés, flétris, abreuvés de dégoûts,
Aux dieux des nations offerts en sacrifice,
Nous avons des douleurs épuisé le calice !

Avec un vil bétail conduit et confondu
Sur la place, ton peuple, à vil prix, est vendu :
Et nul, suivant des yeux ta tribu la plus chère,
N'a paru qui daignât, d'une honteuse enchère,
(Tant la haine poursuit le nom du peuple hébreu !)
Couvrir les serviteurs et les enfans de Dieu.

Et cependant, Seigneur, ferme dans sa croyance,
Ton peuple a respecté ta divine alliance ;
Son cœur, loin de son Dieu, ne s'est point retiré ;
Son pied, loin de tes pas, ne s'est point égaré.
Si, loin du Dieu vivant, je détournai ma voie,
S'il ne fut pas toujours mon amour et ma joie,
Si, goûtant de Sidon les charmes mensongers,
Je portai mon encens à des dieux étrangers,
Que le Seigneur se venge et poursuive mes crimes,
Lui qui du fond des cœurs pénètre les abîmes !

Mais tels que l'innocent, que le timide agneau,
Sur l'autel étendu, tend la gorge au couteau,
Nous t'offrons de nos corps les sanglans sacrifices,
Nous invoquons la mort et bravons ses supplices !

Lève-toi donc, Seigneur ! Pourquoi ce long sommeil?
Nos cris ont dû presser l'instant de ton réveil.

Lève-toi : vois mes maux et soutiens ma constance.
M'as-tu donc pour toujours ravi ton assistance?
Que de moi tes regards ne se détournent pas !
Souviens-toi de Jacob. Nos bras, nos faibles bras
Succombent, accablés sous le poids de la chaîne
Que de nos ennemis resserre encor la haine.
Sous leur verge d'airain le visage caché,

Le corps, sans mouvement, à la terre attaché,
Étendus sur l'arène et couverts de poussière,
Nous périssons livrés à leur main meurtrière.....

Lève-toi donc, Seigneur! Pourquoi ce long sommeil?
Nos cris ont dû presser l'instant de ton réveil.

FIN.

www.ingramcontent.com/pod-product-compliance
Lightning Source LLC
LaVergne TN
LVHW010242030726
842520LV00007B/2710